梁望峯 著 ◀　▶ 雅仁 繪 ◀

超能力訓練小學

逆轉時光的秘密

U0130520

目錄

超能力訓練小學

角色介紹

周星星

超能力
讀心術♥

成績差勁，調皮多嘴，最愛搞怪，但又怕別人會不喜歡他。只想將歡樂帶給大家，希望人見人愛。

小黑

超能力
添好運（逢凶化吉）♣

自嘲為「地獄黑仔王」，總覺得所有惡運都會跟隨着他，最大的願望就是「添好運」。

Cool

超能力
隱身♨

性格冷漠的女生，在一群人之中，有她這個人好像沒有她這個人存在的一樣。看似憤世嫉俗，但其實外冷內熱。

教主

超能力
操縱時間⌚

班裏第一模範生，為人處事成熟正直，是眾人的意見領袖。陽光明朗的他，卻有一個悲傷的過去。

郭雪綠

超能力
透視眼👁

個性單純，觀察入微，善解人意的女生，天生有一份天使般的善心。

八珍

超能力
隔空移物✊

說話巴辣刻薄，口不擇言，經常跟男生鬥嘴，胖胖的身形是她最大的煩惱，但又極愛吃零食。

第一章

超能力同學 +1

得到了超能力，到底是**好事**還是**壞事**呢？

有很多次，在我心裏都有這樣的疑問，可惜沒一次得到答案。

也許，真正的答案就是，任何事情都有好壞的兩面，只看你用什麼**態度**對待它啦。

小息時段，教主、八珍、小黑、郭雪綠、周星星和 Cool 六個好朋友，圍坐在召月小學的小

食部內，各人臉上都充滿着擔憂。

為何大家都 **愁眉不展** 呢？

事情是這樣的。

一次學校旅行，六人在山上探險，為了避雨而走進一個叫「⚡**超能力**⚡**許願亭**🏯」的小涼亭，亭內的牌匾寫着一行字：「請誠心誠意的許願，説出你最想得到的超能力，你必定可 *夢想成真*！」各人鬧着玩，分別許了願。

沒想到，這個許願亭居然是真的，六人都得到了自己想要的⚡超能力⚡，並利用各自的超能力做了很多好事。但由於害怕別人知道自己身上的異能而引發危險，所以六人決定守口如瓶。

可是，當大家也覺得應該安全了的時候，沒想到卻收到一個**來源不明**的訊息：「六位有超能力的同學，你們好！」讓他們嚇壞了。

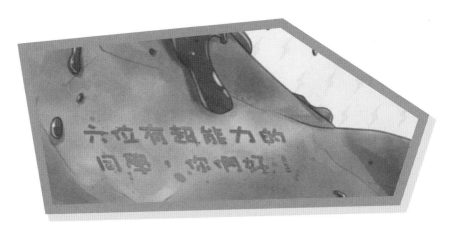

到底是誰知道他們有超能力？對方是敵是友？這使六人陷入不安和惶恐之中，就連最擅長說

笑話搞氣氛的周星星，這一刻也講不出笑話來。

正當六人想不出解決辦法，一個束着孖辮、樣貌標緻可愛的**大眼女生** ，忽然拉過了鄰桌的一張膠椅子，坐到八珍和教主中間的空隙去。她放下了手中的枝裝維他奶， 地說：

> 大家好！我就是你們想找的那個人！

六人你眼望我眼，心裏都對這個突如其來的女生充滿**懷疑**。

周星星永遠是腦筋轉得最快的一個，他又開始發揮急才**牙尖嘴利**地說：「哈哈，小姐你恐怕認錯人了，我們可沒貼出尋人啟事呢！」

「真的嗎？那麼，你們可以解釋這張**照片**的由來嗎？」

大眼女生**環看**四周，確定附近沒有糾察生和老師，便從校褸袋內拿出一部學校嚴禁攜帶的手機，將一張照片在眾人面前展示，各人皆給嚇壞了。

最受驚嚇的一個，莫過於周星星，因為，他看見照片內的自己，正呆呆地捧着一個火山模型，而那個大眼女生正站在他身邊，一手拿着手機自拍，一手向鏡頭做出了一個心形手勢。

而 Cool、教主、八珍、郭雪綠和小黑五人，就像蠟像館內的**蠟像人物**一樣僵在後面，統統變了佈景板。

大眼女生看見六人**呆若木雞**的表情，知道應該不會懷疑她造假了。她正式介紹自己：「大家好，我的名字是維維！」

第二章
許願亭的另一傑作

事情發生在三星期前。

一年一度的 **學校旅行日** 到了，是日陽光普照，真是適合郊遊的好日子啊！全校師生一同高興地出發，這次目的地是太平山的山頂公園，老師說明了集合時間，各學生便開始 **自由活動**。

讀四丁班的維維，跟她的兩個好友 Lemon 和許如雪，走上山頂小徑欣賞沿路 **風景**，一開始有很多學生同行，慢慢地，大家也開始腳

軟，選擇轉身而回。唯獨維維這三名女生是學校**田徑隊**的健將，體力全無問題，邊談笑邊慢行，路上只剩下她們了。

忽然間，本來晴朗的天空，轉瞬間已變成墨黑，並下起*豆大的雨*點。三人見前面不遠有個小小的涼亭，只好走過去避雨。

Lemon 首先發現亭頂的牌匾寫着「超能力許願亭」，牌匾下還有一行較細小的字：「請**誠♥誠意**的許願，說出你最想得到的超能力，你必定可夢想成真！」

Lemon 愛冒險，明知只是鬧着玩，但她仍是認真地許了個願，希望自己會有「*瞬間轉移⇌*」的超能力。

維維見好友許願，她也興高采烈的，趕緊祈求：「我希望能夠把**時間停頓⏱**！」

最後，Lemon 和維維一同把頭轉向許如雪，很有興趣知道這位好友會許個什麼願。

許如雪是三人之中性格最倔強硬朗、又極其理智的一個，她語帶不屑的搖頭：「我**不需要**什麼⚡**超能力**⚡！」

Lemon 和維維異口同聲地喊：「你這個人

真不好玩耶！」

　　許如雪反駁兩人，説得一針見血：「超能力可不是用來玩的，萬一給 危險人物 得到了，它便成了 最致命的 武器 ！」

　　維維是那種性情大鳴大放的傻大姐，她開朗地説：「你這個人太悲觀了！」

　　許如雪卻深沉一笑：「不，你這個人太樂觀了！」

　　Lemon 瞪着兩人，沒好氣的説：「哎呀，你們這兩個 笨蛋 ，總不會以為走進這個亭子內，隨隨便便許下一個願，就可以得到超能力了吧？」

　　想想也對啊！這不過是個供遊人 發揮 想像力、暢懷一笑的涼亭罷了，又何必那麼認

真呢？大家因而停止了爭辯。

　　就在這時候，在雨下得像瀑布似的天空上，一道 **雷電** 劃破烏雲打下來，不偏不倚的劈落在許願亭的亭頂，維維等人根本避無可避，一陣 **巨大的強光** 在眼前閃過，大家即時失去意識。

　　過了不知多久之後，三個女生轉醒過來，躺在亭內的地上，看看亭外，暴風雨已過去了，回復了 **陽光燦爛**。她們驚魂未定，即時跑下山跟學校的師生會合。三人最奇怪的是，她們明明慘被雷劈卻毫髮無損，事情實在太匪夷所思。她們商量過後，決定不跟其他同學說起，以免被認為 **謊話連篇**，給人當作笑話看待。

這件事就這樣不了了之，三人也逐漸遺忘了。直至一個星期後，在維維身上發生了一件事⋯⋯

那是一個星期二的早上，維維在家裏吃完早餐，看準了手機上的巴士APP到站時間，更預早了十分鐘出門，確保自己一定能乘搭到這班巴士。只因這條巴士路線班次很疏落，走了這一班車，鐵定要遲到了。

正當她以為萬無一失地出門，升降機的顯示屏卻跳出了「 故障中 」的字眼，她只得走後樓梯往下一層乘搭。但由於全幢大廈的住戶都用同一部升降機，它在每一層也停頓。

維維終於走出大廈，見距離巴士到站時間就只有 **一分鐘** 了。

她氣急敗壞地跑去巴士站，卻見巴士比原定時間提早來到，最後一個乘客正好踏上車廂，車門開始關上……

她還有半條街才跑到巴士站，眼看自己全個學期準時上學的完美佳績就要 **蒙上污點**，她在心裏大聲慘叫：

「*停下來，不要走啊！*」

就在維維內心發出吶喊的一刻，突然之

間，這個世界 完全 靜止 下來。

　　所有的人和車，甚至遠至天邊的一朵雲，全部皆凝住了，變成了定格，恍如因急着去如廁而被人按下了 暫停掣 ⬤ 的電視畫面。

　　維維嚇壞了，腦中空白一片，呆住了很久很久，讓她也以為自己是被定格的一份子。直至她用手心大力拍拍自己的臉頰，感覺到痛楚，才知道自己仍可活動自如。

　　然後，她腦裏 亮起一個燈泡 💡，這才記起自己曾許了個願：「我希望能夠把時間停頓！」

　　——眼前的一切，不就是時間停頓的景象嗎？

願、望、成、真！

維維越過一個個趕着返工返學、神情匆忙的**男男女女**，走到巴士那關上了一半的車門前，側着身子鑽進了車內，看到那個望着車門方向，卻好像瞪着她的司機和下層車廂內的乘客們，她**尷尬**地説：「為了我一個人追車，讓你們都久等了，對不起大家啊！我也知道香港人最愛返工，請繼續上班啦！」

這句話才剛説完，她身後的車門便關上了，司機也恢復了動作，但他猛然見到一個女生站在面前，**嚇**得張大了**嘴巴**。這個女生的行動也太閃電敏捷了吧，他根本看不見她是何時上車的！

維維拍了**八達通卡**，三步併做兩步地跑到上層去了。坐下來後，她的心仍是跳得

超快的，一切都太不可思議了。

從這天開始，她過着擁有超能力的*奇妙*生活。

維維當然向 Lemon 打聽過她能不能也運用超能力，Lemon 只是*哈哈大笑*而已，滿以為維維在説笑話。這令維維覺得很孤獨，沒有勇氣把自己已啟動了超能力的真相，跟最好的兩位朋友坦白分享，恐怕被認為是什麼*胡言亂語*的怪胎，最後連僅餘的朋友都失去。

一天早上，當她悶悶不樂地獨坐在學校小食部喝維他奶，突然聽到一聲大叫：

「太好了，**我們都有了超能力！**」

她驚異得幾乎跳起來，轉過頭循着聲音一看，只見一個樣子笨笨的男生，得意忘形地高

舉了雙手大喊。小食部內正在熱烈地談天的學生，忽然一同靜了下來，跟維維同樣**好奇地**向男生那一張枱看過去，想探究他得了什麼超能力？

　　男生坐的那一張枱有六個學生，另一個樣子詼諧得好像 **喜劇演員** 的男生，好像見勢色不對，伸出雙臂裝出蜘蛛俠發蜘蛛絲的手勢，更模仿發射蛛絲時「*滋滋*」、「*滋滋*」的聲音，左上角發射一下，右下角又發射一下，像個自得其樂的傻瓜。

　　小食部內的學生們覺得非常無趣，不再理會這個 **⚡超能力笨蛋⚡** 了，唯獨維維不這樣想。她認得六人是鄰班的同學，經常會在四樓的走廊碰到他們，但由於不同班所以不熟而已。

　　但此時此刻，她有種 **奇怪的感應**，隱約感覺到這三男三女的學生，一定身懷超能力，但又極力在 **掩飾** 自己有超能力的真相。

　　——就像她一樣。

　　就是這種 **共鳴感**，令她決定向大家表露身分。

　　所以，當維維看到那六人捧着模型去視覺藝術科的課室時，就一直尾隨他們，她突發奇想，決定要跟大家 **開** 個 **玩笑**。

　　在周星星用雙手捧着火山模型交給老師之

際，她停下了時間，走到模型前，用水彩筆寫上了幾個藍色的字：

「六位有超能力的同學，你們好！」

然後，興奮過度的她，更和周星星拍了一張自拍照，才離開了課室，將時間重新放行。

卻沒想到，六人給嚇壞了，維維知道自己的玩笑開得太大了，讓大家**憂心忡忡**，只好硬着頭皮，走到大家面前現身賠罪。

————————✦————————

聽完維維的故事，六人不禁**大大鬆一口氣**。

　　教主代表大家發言，他和善地說：「由於我們都擁有超能力，明白獨自承受的壓力，也會因害怕被別人發現而感到擔憂。所以，**歡迎你 加入 我們。**」

　　這句話說到維維心裏去，讓她感觸不已。她眼中含滿了淚水，高興地說：「 終於 有人明白我的  情，實在太好了。」

周星星被她當成了打卡的**佈景板**，還是忍不住投訴一下：「但你打招呼的方法也太嚇人啦！」

維維吐一下舌頭，怪不好意思地说：「我只是想來一個**別出心裁**的出場，但我很快就知道自己太過分了，對不起啦！」

周星星凝望着這個雙目水汪汪的大眼女生，實在不忍心再責罵她了。他只好苦笑说：「沒關係啦，下次要找我**打卡◎**，讓我有足夠時間梳一下頭、擺一個帥哥的甫士就可以了！」

維維點頭答應，臉上回復笑容，試着問：「我可以有一個**要求**嗎？」

郭雪綠也覺得維維是個可愛女生，她微笑着問：「有什麼事，你可以直説啊。」

「我們可以成為**朋友**嗎？」

六人互視一眼，一致同意地點點頭。維維高興得喝一聲彩，六人馬上把食指放在嘴巴前，示意她要 *小心行事* 。所以，維維也閉上嘴巴，把食指放到嘴唇前，決定要跟大伙兒一起低調行事。

第三章

鏡子般的朋友

自從維維加入了六人陣營之後，她愈來愈喜愛這群新朋友了。

有人說：「**朋友**就是**你**的一面◯**鏡子**」，維維發現他們都是一群善良的人，所以，維維也從他們身上發掘出她從不了解的自己，然後她會驚訝地想：原來我可以這樣做啊！為什麼以前的我竟一直不知道？

雖然，幸運地得到了「**時間停頓⓫**」的超能力，但她完全不知道有何用途？所以，她都是

用在一些為自己添上便利的地方，例如：

1、 遲了出門，眼看又要目送巴士尾巴離去，她只好把時間停頓，從已關上了一半的車門側着身子跳上車。

2、 測驗時間實在太短了，她的試卷做不完，只好停下時間，趕快做完最後幾題。

3、 等候過馬路時，紅燈亮了很久，烈日當空快把她曬成人乾，所以她便截停了面前飛馳而過的車子，在車隙之間走過對面馬路。

4、 看電視的八點檔處境劇時，忽然想拉肚子，劇情的發展愈來愈緊張，她的肚子卻愈來愈痛，只好暫停時間好讓她上廁所。

此外，還有 5、6、7、8……時間停頓的超能力成為她生活上的**取巧**小工具，但除此以外，她就不知道還有什麼實際用途了。

可是，六個新朋友卻提醒了她，**能力**愈**大**責任愈**大**。維維在一旁觀察到他們利用自己身上的超能力，有時再和其他超能力者聯手，做了許多幫助別人的好事。

所以，這就是她為何會驚訝地想：原來我可以這樣做啊！為什麼以前的我竟一直不知道？

而每一次做了對世界有裨益的**善事**，她對自己被上天賦予了超能力的這回事，就會更加感恩了。

由於擁有了這些新朋友，也擁有了**正念**，維維覺得自己沒有一開始時的恐懼了。

真的啊，當她確認自己有了超能力，興奮的感覺只維持了極短時間，隨之而來的日子，就有着**無窮無盡**的*憂慮*了。

　　那種感覺啊，搞笑點去形容，就像你走進了一群全部學生也戴着近視眼鏡的課室裏，視力良好的你倒會懷疑自己是不是不夠勤奮溫習，所以大家的眼睛都讀書讀壞了，只有你才可免疫哩。

　　是的，那種「**我像個異類**」的感覺，真是一種巨大的煎熬。所以，維維現在好像多了六位「視力正常」的朋友，讓她感覺自在，也總算可鬆口氣了。

　　這天放學，一打下課鐘維維便快步跑出四丁

班課室，Lemon 和許如雪在後面叫住她。

　　Lemon 興奮地問：「維維，學校附近剛開了

新商場，我們一起去逛逛！」

　　維維一臉抱歉的説：「我約了朋友，不如我

們明天放學才去逛一下，好嗎？」

Lemon 和許如雪
只好作罷，維維向兩人
說了再見，便又**匆忙**
地繞出走廊，疾風一
般的離開了。

Lemon 和許如雪兩人在螺旋形的樓梯向下繞，Lemon 不吐不快地説：「這陣子，維維總是忙着跟她的新朋友去玩，好像不想理會我們了呢。」

許如雪用冷漠的語氣説：「許多人也是貪新忘舊的啦，我一點也不奇怪。」

Lemon 説想喝手搖飲品，兩人便去了學校附近的一家著名的台式茶飲店，沒想到卻遠遠見到了維維，她正跟鄰班的六個男女生在喝着杯裝飲料，談笑風生，大家臉上都有着燦爛的笑容。

Lemon 忽然停下腳步，沒有繼續向茶飲店進發，改口説：「我有點肚餓，還是去炸雞店吃個下午茶吧！」

許如雪心裏明白 Lemon 在想什麼，她看看

維維和她的新朋友那方向，向 Lemon 一針見血地表達**不滿**：「我們沒有做錯什麼，為什麼要避開維維？」

Lemon 神情難堪：「我們這樣子忽然出現，大家都會覺得**尷尬**吧？」

「這條街可不是給誰專用的吧？就算相遇了，打個招呼就好了，我不覺得有什麼好尷尬的！」

Lemon **吞吐地**說：「但是⋯⋯我倆剛才好像給維維拋下了，見到她跟新朋友開開心心的，大概也不便騷擾她。」

許如雪生氣了，但看看 Lemon **進退**兩難的徬徨表情，也知道勉強不來，她用力揮一下手：「算了，既然你要光顧炸雞店，我們就改去那裏吧！」

於是，為了避開維維和她的新朋友，兩人故意繞路兜着走。然而，許如雪還是忍不住狠狠地回瞪了維維和一群朋友一眼，表現得**憤憤不平**⁺。

第四章
希望逆轉時光的原因

周日的時候，教主總會陪伴媽媽，無論哪個朋友相約他去遊玩，他也**堅決不去**。

打從爸爸在他六歲時離開了這個家，他便變成沒有爸爸的小孩，這三年來一直跟媽媽**相依為命**。媽媽做的是大廈管理員，工作非常辛苦，每天工時長達十二小時，只有星期日可放一天假，所以教主非常珍惜這寶貴的一天，不想給任何事破壞兩母子**寧靜的**相處時光。

這個周日，媽媽又帶了教主去九龍公園遊

玩，他實在太喜愛公園內的一個 大型攀爬架 遊樂設施，媽媽也深知他的喜好，所以只要天氣晴朗，她就會提議去尖沙嘴逛逛商場。其實，不說也知，她想順道帶兒子去 九龍公園 玩樂。

　　這一天烈日當空，教主在那個攀爬架上，**排除萬難** 地穿過了幾個難以攀越的難關，在身子懸在半空足足十分鐘的絕佳狀態下 **勇闖終點**，他因而覺得興奮不已！

當他汗流浹背、兩手痠軟地跑回到坐在涼亭裏的媽媽面前，媽媽給他遞上水壺，一臉讚歎地說：「你今次全程也沒有跌到地上去，*成功闖關*了呢！」

教主骨碌骨碌的飲了半壺水，喘着氣的說：「我也想不到今次會 **順利過關** 啊！其實，攀那段十呎長的單杠最驚險，我體力不夠差點就掉下來了，幸好也勉勉強強撐了過去——」當他愉快地說到這裏，卻 **驚惶地**察覺到媽媽

額頭前、脖子、手臂和小腿也紅腫起來。

他皺着眉説：「媽，你給蚊子咬了很多口！」

「對啊，我出門時忘了帶蚊怕水，沒想到就要餵蚊了。」媽媽毫不介意的笑着搖頭，「但沒關係啦，看見你成功過關了，媽媽覺得開心極了！」

教主看着媽媽全身一片片被蚊叮的紅色腫塊，想必非常痕癢，覺得於心不忍。雖然媽媽表現得一點也不介意，但教主自己卻介意得很，感覺那是他害的。

「媽，我們快離開，到有冷氣的商場去。」

當媽媽轉身收拾放在長椅上的水壺和環保袋等物件，教主集中精神運用了超能力，令時間倒回十分鐘前。

當媽媽把環保袋放在涼亭的長椅上，教主對她說：「媽，我今天不想玩攀爬架了，不如我們去**商場**逛逛？」

媽媽很奇怪兒子臨時改變了主意，這是他一星期一次**最期待的節目**啊。但她還是依他：「好啊，今天天氣也太悶熱了，先逛一下商場，吹吹冷氣，也許等到午後再來玩？」

「好啊，但你要買一枝**蚊怕水**。」

媽媽猛然想起什麼，她打開環保袋一看，訝異地說：「哎啊，我忘記帶蚊怕水了！**你怎麼會知道的啊？**」

他大概說得太多了，只好揮一下手，「當然

知道！我媽就是笨笨的啊！」

媽媽**苦笑**起來，但她好像發現什麼，忽然捉住教主的手腕，奇怪地瞪眼問：「你的手掌怎麼啦？」

教主也低頭看看自己攤開的兩手，剛才碰到了骯髒的攀爬架，令掌心變得**烏黑一片**，他只好撒謊：「唉，我剛才在車廂裏握着的扶手也太骯髒了吧！」

兩母子並肩離開公園，教主斜着眼看看沒有慘被**蚊子**叮得變成豬頭的媽媽，雖然他無法在媽媽面前展現出在攀爬架上**完美過關**的一面，但他卻不會為自己的決定而感到後悔。

傍晚時分，教主和媽媽在一家**西餐廳**🍽吃飯，餐廳的燈光忽然熄滅，四周變得漆黑一片，正當大家以為**停電**⚡了，一行十人的侍應生從廚房步出，帶頭的那名侍應兩手捧着一個點燃了蠟燭的**大蛋糕**🎂。

一眾侍應生停在教主旁邊坐着一家三口的桌前，一同為那位今天生日的父親唱**生日歌**♪，在妻子和女兒拍手助興下，看得出那位父親既感動又快樂。

目睹這一幕，本來跟媽媽說着小學內趣事的教主，只好**閉上**嘴巴。而媽媽注視着慶生的一家人，一張臉出了神。

當餐廳的燈光重新亮起，兩母子陷入一陣**奇怪**的**沉默**中，但就算教主沒有像周星星般的讀心術，也很清楚媽媽正在想什麼，剛才的事勾起了她**對爸爸的思念**，因為爸爸也是在這個月生日的壽星。

教主鼓起勇氣的說：

媽，我可以問嗎？

媽媽回過神來：

什麼事？

「爸爸 不會 回家了吧？」

　　媽媽怔住了，說不出一句話來。教主又說：「雖然，你說爸爸去了外國工作，但那只是安慰我的話吧？我已不是三年前的那個什麼也不懂的小孩子了，你可以對我說真話了。」

　　媽媽好像有口難言，勉強才騰出一句：

「不，你爸總有一天會回來。」

　　「但那一天到底是哪一天？」

　　媽媽始終講不出正確答案來。

教主卻說出了埋藏在心裏很多年的**真♥話**，他咬咬牙堅定地說：「媽媽，無論爸爸會不會回來，我也會**照顧**你。我們家裏根本不必有爸爸！」

然後，他向媽媽掀出了一個寬心的微笑。

媽媽雙眼紅起來，深深感受到兒子向她發出的**鼓勵**和**力量**，讓她驚覺他真的長大了。所以，她對他的話照單全收，朝着他用力點頭笑了。

———————◆———————

周一早上，教主在召月小學的小食部遇到周星星，他打了個招呼便坐下來，但周星星臉上卻很憂愁，整個人**沒精打采**，跟平日嘩啦嘩啦一秒鐘也停不了口的他截然兩樣。

教主真受不了充滿**喜劇細胞**的周星星變了個苦瓜，開口問他到底發生了何事。

周星星畢竟是個藏不住秘密的大嘴巴，見到教主主動詢問，他又開始 **噼嚦啪啦** 不停口地說話，更附送了一連串的大動作，令教主好像在看一場戲劇表演⋯⋯嗯，是一齣恐怖話劇。

事情發生在上星期五，周星星自從受郭雪綠所託，替她中風了無法開口說話的嫲嫲做**翻譯員**，他便常常趁着放學後，去距離學校不遠的醫院探望一下嫲嫲，聽聽她有什麼需要。

這一天，周星星和嫲嫲「**談笑甚歡**」，他聽嫲嫲說了很多關於郭雪綠嬰兒時的趣事，令

他哈哈大笑。當嫲嫲開始睏了，他便識趣的 **告辭** 了，答應了下星期再來探望她。

當周星星慢慢走出那個六人病房時，突然聽見一把蒼老的男聲，在他心裏響起來說：

> 小朋友，我見你來過幾次探病，知道你可以聽到中風病人說的話！我可以拜託你一件事嗎？

周星星當然可以聽而不聞，但好奇心旺盛的他，還是忍不住 **好奇心** ，朝着聲音的來源看去，只見在嫲嫲牀位的斜對角，一個臉孔乾瘦得像一副骷髏頭的老伯伯，正用哀求的眼神看他。

跟周星星投來的目光相接，老伯伯更肯定了他的猜測正確無誤，他用心語 **焦急** 地大喊：

> 小朋友，請你殺死我吧！求求你了！

周星星一聽這話，心裏像結冰似的發寒，嚇得整張臉也**青白**了，他急急別過臉去，不敢再看老伯伯一眼。

> 求求你！我真的太痛苦了！我只想死去！

耳邊不斷迴響着**痛苦**的**哀號**，周星星加快腳步的離開病房，可是，即使他拐出了走廊，老伯伯發自內心的悲鳴仍在長廊中迴盪着，讓他心裏**不寒而慄**。

———————◆———————

周星星説完了他的恐怖經歷，打了個大大的哆嗦，神情仍是**驚魂未定**。

「本來跟嫲嫲約好了，今天放學後會去探望她，但我現在嚇得不敢踏入醫院的病房，不知如何是好！」

教主也聽得搖頭嘆息，他明白加護病房裏的病人，一定都會經歷到**巨大**的**身心痛苦**，但他卻不認同尋死是唯一的出路。

他對周星星説：「無論是嫲嫲或那個老伯伯，同樣都是一群**需要幫助的人**。每個人在痛苦時都會説出負面的話，但若是你願意關心他們，他們便會説出**真正的需要**。所以，我覺得你不應輕易放棄！」

周星星想想也對，他有一次在巴士上遺下了深愛的「鬼滅之刃」雨傘，簡直好像世界末日地球爆破之時哩！後來爸爸給他買了一柄*更漂亮*的「睡衣小英雄」雨傘，讓他高興幸福得但願多活幾十年。

周星星雙眼一亮，好像把事情都想通了，「教主，你真是個**智慧**老人啊！」

教主苦笑了，「周星星同學，你的年紀好像比我大上四個月啊！」

「但你看起來，比起你的實際年紀老得多呢！人們都說『未**老**先**衰**』，所以你真的很『衰』！」

周星星向教主笑嘻嘻的吐了吐舌頭，剛才的煩惱好像盡掃一空，回復了所有**精力**。他跳蹦蹦的走出操場，嚷着要跟幾個打籃球的男生進行對戰，教主看着他**指手劃腳**教導那群低年級學生射三分球的正確方法，可見那個調皮活潑的周星星回來了。

教主微笑起來，不禁想到周星星説得沒錯，在同輩之中，他真是個「智慧老人」。但他待人處事**成熟**，卻並非他自願的。只是在突然沒有了爸爸的這三年日子裏，他必須照顧媽媽，必須獨自面對很多問題，他是**被迫長大**的。

想到這裏，他的目光不禁轉向校門那邊，看見很多家長帶低年級的學生回校，在校門前愉快地道別，他不禁出了神。

因為，教主最後一次看見爸爸，就是在這個校門前。

召月小學

放學後，周星星勇敢地走進醫院裏。

進入加護病房之前，他先找到見過幾次已經相熟的一個**男護士** ✚，從護士口中探聽到老伯伯的病況。原來老伯伯有一次跟兒孫飲茶時，忽然**急性中風**，導致全身癱瘓，除了尚可眨眼，頭部和四肢皆無法動彈，跟郭雪綠嫲嫲的症狀相若，他睡在這個牀位已有一年多了。

周星星對老伯伯的情況了解多一點後，就踏入病房去。他在探望嫲嫲之前，先走到老伯伯的牀邊去。

病房內的幾個病人也在閉眼小休，唯獨老伯伯仍**睜大兩眼** 👁，怔怔地看天花板，眼神卻很絕望。

一見到周星星出現，老伯伯把眼珠子轉向

他，急不及待訴出心聲：

> 小朋友，你終於來了！你答應我的要求了嗎？

周星星還是不脫他的 **喜劇演員** 本色，用搞笑的對白說：「你的要求，我當然不能答應啊！我和你 **無冤無仇**，為何要殺死你呢？」

老伯伯的眼神變得暗淡。

周星星不想打擾其他病人，他壓低聲音的說：「雖然，我不能答應你的要求，但其他事情，我還是非常 樂意 幫忙 。」

然後，他向老伯伯展露了一個友善的微笑。

老伯伯認真想了周星星的話，他本來 **諸多不滿** 的眼神，慢慢緩和下來了。

小朋友，你今年幾歲？

周星星挺起胸膛的説：「我還有十個月就滿

十歲，不是小朋友啦！」

奇怪的是，周星星總愛告訴別人他即將踏入

十歲，不會説自己只有九歲。恍如十歲就是小朋

友和大人的分界線，他希望別人會像大人一樣地

對待他。

老伯伯的眼神忽然變得很 **溫柔**。

我的孫子今年也八歲了，你
倆年紀差不多啊。

「是男孩子啊？我和他可以成為朋友啊！不，我家中沒有兄弟，我甚至可以把他視作**弟弟**般看待！」

老伯伯的心聲，聽起來有一陣惋惜：

> 我第一次在病房裏見到你，還以為孫子前來探望我了，你和他的樣子真有幾分相像！

周星星用食指在自己的臉孔前繞一圈，大言不慚地說：「***帥哥***來來去去都是這一副樣子的啦，認錯了也不出奇啊！」

周星星用讀心術聽見老伯伯發出笑聲來，原來他的笑聲相當**洪亮**，他也很高興能逗得老伯伯開懷大笑。

老伯伯聲音感懷：

除了我最初住院的一兩個月，我的孫子已很久沒前來探望我了。

周星星終於明瞭老伯伯為何誤認他是孫兒了，原因就是太*思念*對方吧。

老伯伯彷彿想到了什麼，他試着詢問：

小朋友，既然你真的願意幫忙，希望你探望家人時，也可以順道來探望一下我……就算只是短短五分鐘也可以。

周星星卻搖搖頭：「這樣啊？恕我無法做到啦！」

老伯伯的眼神，迅即轉回了灰暗。

周星星續説下去：「五分鐘實在太短了，至少也要給我 **十五分鐘** 啊！」

老伯伯用充滿感恩的語氣説：

謝謝你！

第五章

奇妙的跳躍

Lemon 是個**熱愛冒險、不怕受傷**的女生。

從她過去的經歷可見一斑：她是學校運動會連續三屆跳高和 110 米跨欄跑的**冠軍**人馬，她也參加柔道和跆拳道班。參與這些激烈的活動，免不了會受傷，甚至撞得焦頭爛額，但她卻不以為意，並把每一個傷口視為拼鬥過的證明。

這一天是舉行 **聯校跳高總決賽** 的大日子，苦練了整整兩個月的 Lemon 自信滿滿，相信自己一定會有好表現。她也提前了一小時出

門，確保自己有足夠時間抵達運動場。她很期待跟各小學的參賽者**決一勝負**。

Lemon 乘搭升降機下樓，準備趕上一輛五分鐘後會路經大廈附近的巴士，但當升降機落到半途，忽然「卡」的一聲停了下來，面板上數字鍵的燈光**全熄滅**，升降機上方 LED 液晶顯示屏上的樓層數字也同時消失了，冷氣也沒了，Lemon 意識到自己 被困 升降機了**！**

要是還有什麼值得慶幸的，應該就是升降機內的後備燈並沒有熄滅吧，否則，困在一個伸手不見五指的小黑箱裏，儘管她膽量不小，也該會被嚇個半死吧？

Lemon 按動着面板上的 求救緊急鍵 ，可惜它居然也失靈了，沒任何回應。她害怕起

來，開始大力的拍着升降機門，希望向大廈住客**求救**，但外面一直沒任何回應，Lemon知道大事不妙了——她好像身陷一個懸在半空的靜止了的鐵箱裏，**叫天不應叫地不聞**，那種感覺很恐怖！

最後，她拍門呼救也累了，箱子內愈來愈悶熱，她**滿身大汗**坐到地板上，看看手表，時間正一分一秒過去，就別説搭巴士了，現在即使乘坐計程車疾速前去，應該也來不及參加這場賽事了。

Lemon愈想愈**絕望**，她用兩手環抱着膝，把頭深深埋進雙膝之中，想到這一刻在運動場內各運動員正拼表現，大家也為奪標而努力，她卻無法參與其中……

Lemon!

Lemon 聽見自己的名字，猛然把頭抬起來，眼前的景象卻讓她**嚇傻**了。只見抱着雙膝的她，正坐在運動場的走廊上，負責訓練她跳高的**女教練**從遠處跑向她，大喊着她的名字。

女教練跑到她面前，氣急敗壞地説：「Lemon，現在已是**最後召集**了！你坐在這裏做什麼？為何還未換運動服？」

Lemon 張大嘴巴，她前一秒明明被困在升降機內啊！她還以為自己在做夢，一下子毫無反應。

女教練向坐在地上的她伸出手來：「別再呆坐了，我們先向大會報到！否則就會被取消資格，你辛苦了兩個月的特訓就要報廢了！」

就是這些當頭棒喝的話，讓 Lemon 清醒過來！她即時伸出手，讓女教練把她拉起身來。當她腳踏實地，感受着四周涼風的流動，她才確定自己真的已經不在升降機內，而是置身在運動場上。

之後，一切就像十倍速的快鏡▶▶。

Lemon 換過運動服登場，在她空白一片的腦袋中，看着前面懸掛在一米高的橫桿，心裏忽

然想：「太好了！我可以順利參與這場賽事！沒有一位運動員不是**拼盡全力**，所以成敗已經不重要了，最重要的是，我很享受在這個運動場上的每一刻！」

然後，她用上充滿爆發力的助跑、單腳起跳、背向式的騰空過桿與落地等動作，組成了完美的一跳，從容地越過了橫桿上緣。

最後，Lemon 獲得跳高比賽**亞軍**🏆，也刷新了召月小學在聯校比賽中歷來最好的成績。

當她手握銀色獎牌，獨個兒走出運動場，重整了今天發生的事，終於明瞭一切！

只因在學校旅行日那天，她在那個「超能力許願亭」許了個願：「我希望有『*瞬間轉移*⇌』的超能力！」

唯一可以解釋的是，她真是 **願望成真** 了！除此以外，就沒有第二種解釋了！

———————————✦———————————

三日後的放學時間，許如雪、Lemon 和維維一同步出學校。由於許如雪父親替她報讀了一個 補習班 ，只得先走一步，留下 Lemon 和維維同行。

兩人坐在手搖飲品店內，Lemon 這天心情非常 忐忑不安 ，連維維也察覺到了。維維看著對座的 Lemon 苦笑問：「你有什麼事都可告訴我啊，別再咬那個吸管啦，它已經 **傷痕** 纍纍 了！」

Lemon 垂眼看看自己那杯飲料的吸管，管頭被咬得扁平，幾乎都喝不到杯內的飲品了。這

是她的一個**壞習慣**，每次緊張兮兮和滿肚心事，她就會情不自禁地不停嚙咬吸管，紓緩緊張情緒。

維維真是她最好的朋友，連自己也毫不自覺的行為，維維在旁卻觀察得**一清二楚**。

Lemon 又猶豫了半分鐘，始終有點不知如何開口：「維維，你還記得那個『⚡超能力⚡許願亭🏛』嗎？」

維維瞪大雙眼，驚訝的看着 Lemon。

事實上，自從維維發現自己擁有⚡超能力⚡，也曾向 Lemon 打聽過她能否運用超能力，Lemon 當時只是哈哈大笑，以為維維在講笑話。

維維看到 Lemon **失措**又**不安**的表情，已猜出了原因，説：「當然記得！對啊，你為何突然會提起此事？難道你的超能力也啟動了嗎？」

這一次，輪到 Lemon 驚訝，她大聲地喊：「難道你也——」

然後，兩人一同停止說話，小心翼翼地環視着四周，確定沒其他人監聽，彼此才投契的，向對方用力點一下頭。

Lemon 便告訴維維，她前兩天困在升降機去不了比賽，因此心裏才會發出巨大的欲求，讓自己**啟動**了 超能力 。而維維則告訴她，自己是因為追不到巴士而啟動了超能力，說時連她自己也覺得不好意思。

然後，Lemon 告訴她，她昨天為了再試驗一下，決定讓自己去一個一直想去，但很難前往的地方。

「我去了 。」

維維給 Lemon 氣死了，她**苦笑**說：「迪士尼樂園有多難去啊！坐上地鐵轉幾次車，頂多一個小時便抵達了啊！」

「不是香港迪士尼樂園啦，我去了 **東京** 的迪士尼海洋！」

維維嚇得連下巴也差點掉下來。

說真的，Lemon 從小到大也嚮往「瞬間轉移」，因為，只要心想去哪裏就跳到哪裏去，熱愛冒險的她，就可以**隨時隨地**出發去她最想去的地方了。

她最希望去的前三個地方，第一位就是日本的 迪士尼海洋 ，只因爸媽告訴她，以海洋為主題的迪士尼樂園，全世界只有一個而已，園地位於東京。

雖然有點可笑，但 Lemon 昨天真的整裝待發，穿起了印有 **米妮** 和 **唐老鴨** 的連身裙，還戴起了紅色的 **米奇老鼠** 頭箍，更帶備了爸媽給她的舊手機，準備瘋狂地打卡。

然後，她在家中的睡房裏，合上眼心念着「 **迪士尼海洋** 」，在下一秒鐘，她便聽到一陣非常悅耳的冰雪公主主題音樂，再睜開眼時，發現自己已站在一個大湖前，遠遠看去，湖上停着一艘 **郵輪** ，米奇、米妮、高飛等迪士尼明星齊聚一堂，在船的甲板上跟岸邊的遊客 **熱情** 揮手問好，Lemon 開心得跳起來，也跟大伙兒用力揮手！

Lemon 拿出手機，向維維展示了昨天拍下的照片：蒸汽船、胡迪和巴斯光年造型的遊戲屋、團團轉的碰碰艇、茉莉公主的飛天魔毯機動遊戲、美人魚礁湖劇場音樂劇⋯⋯維維看着一幅幅的照片，差點口水直流！

她雙手抱着頭控訴：「真的太羨慕你啊！我為什麼要選擇『時間停頓⑪』，除了追追巴士，這個超能力真沒用啊！」

Lemon 想了一想，笑說：「其實，你使用時間停頓的超能力，也可以前往東京迪士尼海洋啊！」

「怎樣前往？」

Lemon 馬上為了這位朋友計劃旅程，說：「你去到香港機場，只要在過海關時停頓時

間，便可以繞過海關人員和機組人員，偷偷溜上客機了。去到日本機場，也是同樣做法。」

「對啊，真的可行，但我一去**老半天**，又是乘飛機又乘車，更要冒上偷渡被關進監獄的危險，你卻只用一秒鐘就做到了！」維維再想下去就氣炸了：「還有，我要停下時間追巴士那麼麻煩，你卻連巴士也不用追趕，**每天可睡到打上課鐘前的一刻**，下一秒已經身在課室內囉！」

「對啊，我為何想不到啊？明天要試一下！」Lemon **興奮** 了兩秒，又想到什麼似的，神情變得很苦：「得到了超能力，沒錯多添了樂趣，但我這兩晚卻嚴重失眠，差不多到了天光才昏睡，睡了一會又給鬧鐘喚醒……因為，一想到自

己身上有着 不可告人 的巨大秘密，我就覺得很孤獨，很害怕！」

維維拍拍 Lemon 的手背，給她一點力量。作為過來人的她，當然明瞭她的心情：「我知道你沒勇氣跟朋友分享這個秘密，因為你擔心會失去所有朋友，對不對？」

Lemon 雙眼一紅：「你太了解我了……可是，若是不告訴任何人，我只會一直失眠，不斷地胡思亂想下去吧？我想自己很快便受不了！」

維維看着樣子可憐委屈的 Lemon，深深感受到她的精神壓力。維維咬着下唇，過了足足半分鐘才開口：「其實，你不用那麼害怕，你也不是你心想的那麼孤獨啊。那是因為……我們還有很多同路人！」

Lemon 睜大雙眼看維維，不明白她此話的意思。

維維帶着不安地清清喉頭，改用**嚴肅的語氣**說：「我想告訴你一些事，但這些事涉及其他人的**人身安全**，所以你不能跟任何人說出去……這也包括許如雪。」

Lemon 用手在嘴巴前做了個拉上拉鏈的手勢，表示她願意守口如瓶。

維維便告訴她，關於小四甲班六名男女生也擁有超能力的事，Lemon 聽得*嘖嘖*稱奇，但與此同時，她感覺自己多了很多「隊友」，那種孤伶伶、無可依賴的感覺驟然消失於無形。

得知世上竟然真有其他超能力者，Lemon 興奮地向維維請求：「我也可以跟他們成為**朋友**嗎？」

維維笑着說：「沒問題，我會把你介紹給各人認識。他們是一群**好人**，我相信大家也很樂意跟你做朋友！」

見 Lemon 的心情大大放鬆下來，維維自覺做了件好事，只不過在這個時候，她卻不知道自己正把 Lemon 推進**危險之中**！

第六章

追回錯失的一刻

這是一個 **烏雲密佈** 的周五早上，天上沒有一絲放晴的迹象，明明是大清早，卻昏天暗地，叫人提不起勁來。

教主比平日更早回到學校，他又坐在操場旁的小食部內，默默看着校門那方向。這天是爸爸的生日，他比起其他日子更思念爸爸，整個人陷入回憶之中。

他無法忘記 **三年前** 這一天的片段。

負責每天送他回校上學的爸爸，在巴士上跟他一直閒話家常，也問他在學校內的情況，有沒有認識到朋友啊？想不想參加什麼興趣班啊？這時爸爸看來 *沒半點異樣*。

直至兩父子肩並肩步至召月小學的門前，兩人揮手道別，爸爸繼續踏上上班的路程。

　　沒想到的是，當教主正要拐進校門，才走了幾步，就聽到爸爸在後面喊住了他，他於是轉過頭去。

你要乖乖的，聽媽媽的話，知道嗎？

　　「我一向很乖啊。」這是老實話。

　　「那麼，爸爸便**放心**了。」爸爸用依依不捨的眼神看他，「兒子，快去上學吧！」

　　「爸爸，今晚下班早點回家，我們要去好好慶祝一下哦！」

爸爸不置可否地笑笑，教主便走進校門去，走了幾步，一直灰暗的天空下起**毛毛**雨來。帶了傘具的他，記起爸爸好像忘記帶傘，正想轉頭問一下，就發現爸爸的身影已經在校門前**消失**了，他只好作罷。雨愈下愈大了，他快步跑進校舍內。

是的，雖然只是一些相處的小片段，但教主一直**無法** **忘記**。也許，滿以為只是半天的離別，但這一別便三年，爸爸音信全無。

甚至乎，那一句本來想留到晚上吃生日蛋糕才送上的「**生日快樂**」，他也沒機會說。

媽媽總說爸爸去了外國工作，當時只有小一的教主年紀太小了，只能埋怨爸爸為何沒有好好告訴他，為何走得那麼突然，但當他慢慢長大

後，便知道事情不是那麼簡單。

他知道，無論發生何事，爸爸也有可能**一去不返**，而他從媽媽口中也不會得出真相來。

——就這樣，三年便過去了。

這時候，本來在打籃球的一群男生撤出了操場，教主抬頭見到雨粉在漫天灑落，情況跟三年前的那個早上相若，這使他對爸爸的**思念**沸騰到最頂點，他決定要回到過去。

是的，他很想回到過去，把時間倒流到那個跟爸爸離別的原點……這就是他想得到「**操縱時間**⏰」的原因。

教主打開雨傘，靜靜走進雨幕裏，朝着校門的方向慢慢走去，他用盡**一切心力**，全心全意想回到三年前的那一刻。

教主衝出校門，見爸爸正向着**巴士站**的方向走，他不顧一切的在身後大聲地喊：

爸爸不要走！

爸爸聽見兒子的聲音，立即停下了腳步，轉頭看他，一臉驚訝。

他三步併作兩步地跑到爸爸面前，高高抬起了**雨傘**，替爸爸打傘，好讓二人也置身於傘下。

爸爸乾笑一下：

你怎麼又走出來了？

教主牢牢盯着爸爸的臉，好像深怕他會忽然**消失**那樣。他認真地説：「因為有件事，我必須問個明白，而爸爸也該回答我。」

爸爸凝視着兒子恍似 成熟 了的一張臉，咬咬牙點一下頭：「好吧，你問吧。」

爸爸要拋棄我和媽媽了嗎？

爸爸一聽到這句話，雙眼忽然浮起了一層霧，他很勉強才憋住了**眼淚**，卻是連眼前的兒子也幾乎看不清。

他蹲下身子，跟兒子的身高呈水平線，用認真的語氣，跟教主保證似的說：「爸爸不會這樣做，爸爸很愛很愛你和媽媽。」

教主**雙眼一紅**：「但是爸爸，我有個預感，你由今天起便會消失，不會再看我和媽媽一眼了。」

爸爸靜默半晌，他伸出了兩隻大大的手掌，按着兒子雙肩，彷彿要給他力量和安慰。

縱使爸爸好像有什麼**難言**之**隱**，但他的語氣變得很堅定：「你一定知道些什麼了吧？是媽媽告訴你嗎？但這些都不重要了……我只希望兒子你

知道，每個人也要為了自己的行為而負責。因為爸爸做錯了事，便要付出贖罪的代價。雖然我將會有好一段日子無法在家裏，但請你相信我，無論我身在何地，我每天都會想念你和媽媽。」

雖然很怪異，但教主喜出望外：「真的嗎？爸爸不騙我？你每天都會想念我、想念媽媽？」

「除了你們兩個家人，這世上已經沒有其他值得我掛心的事了！」

「那好的，你放心便好，我會替爸爸照顧好媽媽，然後靜靜地等你回來。但你可以給我一個時間嗎？不一定要準確的……只要給我一個大概的日期就好了！」

爸爸心頭震撼，這些話一點也不像出自一個才六歲的小童的口中，所以他也不敢把他當作

一個小童看待了。反而，像兩個男子漢般的約定：

　　「請給我五年時間。五年後，我會在你的

小學畢業禮 中出現，見證你畢業的重要時

刻。」

　　「爸爸，一言為定。」

　　「兒子，一言為定。」

　　教主伸出了左手的尾指，爸爸也一樣，兩人

打了勾勾，事情正式落實下來。

教主大樂，開心得近乎瘋狂，他忍痛笑着說：「爸爸，*祝你生日快樂！祝你生日快樂！祝你生日快樂！祝你生日快樂！祝你生日快樂！*……這是我預先送給爸爸未來五年生日的祝福語！」

　　「傻孩子！」爸爸再也忍不住情緒，把他緊緊拉進了懷內，久久放不開。

　　教主感受着爸爸的擁抱，這一刻好像做着一個**最美好的夢**，但他知道此地不宜久留，只好輕輕推開爸爸，對他說了最後一句：「爸爸，我們很快會再見面！快得超乎你想像！」

　　爸爸無法明白兒子這句話，但他點頭稱是：「好的，我們很快再見！我**期待**着那一天！」

　　教主堅持要把雨傘留給父親，然後就在雨中

發足狂奔回校，他的心情興奮得像西班牙奔牛節

的**鬥牛**，一直向前橫衝直撞的，這個自己一點

也不像他自己。

　　因為，他知道下一步會做什麼。

　　——他要走到未來，一窺 全 家 團 聚 的

樣貌。

第七章
不曾失去的親情

醫院的探病時間到了，家屬魚貫進場，跟躺在牀上的病人**有講有笑**。那是一天裏病房最熱鬧的時刻，但老伯伯只覺得討厭而已！

躺在牀上全身不能動彈，經已有整整一年多時間了，他很遺憾自己仍能看到眼前景物和聽到聲音，但願連這些*僅剩的感官*也失去，讓他可以對世界從此不聞不問。

他直勾勾的瞪着天花板，不想再觀看旁人探病時的歡笑和喁喁細語。突然之間，一堆*身影*

在牀尾出現了，遮擋住房中的光線，老伯伯眼前變得忽光忽暗，讓他一陣**討厭**，滿以為醫生護士又前來檢查了，沒想到當他把視線轉向眾人，駭然發現那堆身影是他的 **家人**！

老伯伯的太太、兩個子女、媳婦、女婿，以及他最掛念的孫兒都前來了，讓他覺得太不可思議。

對啊，最近一次親人來探訪，已是一星期前了。老伴來得最頻密，兒女偶然來一次，但都是輪流前來。上一次一家人 **整整齊齊** 地出現，竟已是他中風住院之初了。

老太太笑着説：「老頭，大家也來 **探望** 你了！你好嗎？」

雖然，老伯伯無法説話，無法手舞足蹈，但

他努力地轉動着 **眼珠** ，希望用眼神告訴大家，他很好！真的很好！他今天高興極了！

今年八歲的孫子輕輕拍一下他平放在牀前的手背，對他笑盈盈地說：「爺爺，你今天很 **精神**，眼神也很精靈！我很掛念你，我也知道你掛念着我，所以第一時間前來看你了！」

老伯伯心裏「啊」了一聲，**恍然大悟**，他終於明白為何全家人都出現了，原來是他的小友周星星幹的好事哩。

———————◆———————

昨天，周星星依據着老伯伯牀尾掛着的病歷表資料，找到了家屬的 <u>聯絡方法</u>，直接致電過去，老太太接聽了電話。

「你好！我是老伯伯的朋友，他希望家人都來 **探望** 他！最重要最重要的是，請把那位八歲的孫子也帶來吧，老伯伯最掛念他了！」

老太太聽見一把努力裝作大人的小孩子聲音，一開始還以為是小朋友在 **玩電話**，但聽到周星星告訴她八歲孫子的事，而她也一向知道

老伴有多疼錫這個小孫兒，於是就選擇相信了他的話，全家總動員的前來探望了。

　　五分鐘前，當老伯伯的家人來到醫院，周星星站在病房外的長廊前，緊張地迎接他們。但事實證明了，他害怕認不出眾人是多餘的，老伯伯的 DNA 很強勁，他遠遠便一眼認出他的一對子女，和一個長得活像「童年時代很可愛版本老伯伯」的男孫。

　　見各人腳步沉重，周星星又施展了自己三寸不爛之舌，跟大家一本正經說故事：「我來探望自己的婆婆，沒想到路經老伯伯的牀邊，他卻用驚喜的眼神看我，我以為自己長得帥沒法子啦，但經過我用『眨一下眼代表正確、眨兩下眼代表不正確』的答題方式，跟老伯伯好好溝

通過後，方才知道他誤以為我是他孫兒，所以，我便**鼓**起**勇氣**致電給大家，希望大家也來見見他，慰解一下他的思念啊！」

那個性格看來**活潑主動**的八歲男童，忍俊不禁的笑了起來：「爺爺怎會錯認人，我和你的樣子一點也不像啊！」

周星星看男童一眼，他也覺得不像，自己明顯帥得多了：「我相信，最大的原因，就是你太久沒前來探望爺爺，所以他把你的樣子也遺忘了！」

男童的表情一陣委屈：「我很想前來探訪，但爸媽每次都說醫院有很多病菌，又說爺爺不會介意我不前來⋯⋯可惜，我想大家都猜錯了吧！」

站在男童身後的爸爸和媽媽互視一眼，爸爸有點難堪地開了口：「醫院是一個充滿悲歡離合的地方，會令人的情緒大起大落。有時候，連我們大人也吃不消⋯⋯我們只怕你承受不住，你會明白嗎？」

男童轉身望向他爸媽，對兩人認真地說：

「爸爸媽媽，我們每個人也會生病的，為病倒了的親人送上**祝福**和**支持**，就是一家人的本分啊！不聞不問，我只會更加受不了！」

老太太等人聽見孫子這句成熟的話，大家都覺得**言之有理**，也驚歎這個孩子早已成長了。

老實說，周星星覺得這個八歲的男童，比起九歲的自己更加老氣橫秋，但倒也對他 👀**另眼相看**了……嗯，若他真有個這樣的弟弟也真不錯！

老是做事胡鬧混帳的他，覺得自己這次總算做對一件事了。

━━━━━━━━━━◆━━━━━━━━━━

老伯伯的家人，一直逗留到**探病時間結束**才離開。臨走前，男童徵求意見說：「爺爺，

我們要走啦，下星期我再來探望你好嗎？如果你想見我的話便眨一下眼，不想再見到我前來的話便眨兩下眼，可以嗎？」

　　然後，大家看見老伯伯單了單眼，一副精靈相，讓大家樂透了，約定下次再見，男童更用力抱抱爺爺才離去。眾人離開的步伐，比起走進病房時輕鬆得多。

　　這時候，周星星也探望完婆婆，走過老伯伯的病牀時，讀心術令他聽見老伯伯由衷地說：

　　　小朋友，謝謝你為我做的這一切。

　　周星星走到牀頭，對老伯伯說：「不用多謝我，你要多謝的是你自己啊。」

「因為，若你是個很討厭的人，根本不會有人前來探望你啊！可是，當我向大家呼籲一聲，所有親人便 **一呼百應** 的出現了，這也包括你想見的孫兒，比起大牌歌星的應援會還要強勁哩！可想而知你真是個 **人見人愛** 的丈夫、爸爸和爺爺啊！所以，你要多謝的是你自己！」

老伯伯靜靜看着周星星，因這個小朋友的話而感懷不已。

只不過，我還是要感謝你，感謝你讓我知道尋死並不對，我必須為了關心我的家人，更加努力地活下去！活多一年算一年，活多一天算一天！

「乖！」周星星咧嘴笑了。

這一天，許如雪偷偷帶了**禮物**，準備

送給 Lemon 和維維。

自從小二讀同一班，三人成為同學以後，這

段友情便開始了，截至小四的這一天，時間剛好

是 第1000天 。

1000 是個很完美的數字，對吧？

雖然，三人性格各有不同，但碰在一起卻有一種**化學作用**：維維是個熱情外向、但糊裏糊塗的傻大姐；Lemon 是個愛挑戰、不畏困難的冒險家；至於許如雪自己則是個愛操縱大局、好照料別人的大姐姐；三人幾乎每一天也在一起，讓這段友情邁向 **1000天**！

總會在打上課鐘前才回到學校的許如雪，這天特意提早出門，乘搭早兩班的車，但願快點回到學校，給兩個朋友送上**驚喜**。

當她回到中四丁班，卻不見維維和 Lemon 在課室內，她以為兩人去了小食部，便拿着兩份**小禮物**走去小食部，沒想到當她路過中四甲班門口，卻驚見維維和 Lemon，正跟幾個學生

圍坐在一起，看得出各人也談得**興高采烈**、發出了巨大的笑聲來，讓探頭進來的許如雪看呆了。

她當然認得出那三男三女是甲班的學生，上次維維為了要跟他們**遊玩**，拋下了她和Lemon。雖然她心裏不快，但也只好勸自己忍耐一下，在三人做了 1000 天朋友的這一天，更自備了神秘禮物，希望「提醒」維維要珍惜這段難能**可貴**的友情……卻沒想到，現在連Lemon也加入了他們的陣營了。

許如雪有一種遭到**全世界背叛**的悲痛。

在被任何人發現之前，她像一頭見不得光的老鼠般，趕緊逃跑了。

一連跑了四層樓梯，衝到校舍後面一個幽靜的小花園，許如雪再也走不動了，跌坐在兩盆盆

栽之間的長椅上，傷痛欲絕的在發愣。

　　她慢慢拿出裙袋裏兩條親手編織、用了五個晚上才完成的膠珠手繩。兩條手繩中都用不同顏色的小彩珠串起了一行字「FRIENDSHIP FOREVER 1000」。她再看手繩一眼，就把它們拋得遠遠的。

　　1000 天的友情，應該做個終結了。

　　她很遺憾自己不是那種一旦傷心就會**以淚洗面**的女孩，要是這樣，悲傷大概就會隨着淚水釋出並一筆勾消了吧！但她是什麼都放進心裏去的人。這一刻，她覺得心頭的**憤恨**已滿瀉了，就像浴缸的水龍頭沒關上，滿缸的水即將倒灌出來！

　　萬念俱灰的她緊緊握着拳頭，在這心頭憤恨的一刻，只想**摧毀一切**。

然後，一件 匪夷所思 的事發生了。

她發現包圍在她身邊每一棵盛開中的美麗盆栽，皆以十倍速似的變得凋謝枯萎。彷彿以她作為中心點擴散開去，最後，小公園內所有盆栽皆無一倖免的被波及，全部變了 枯死 之物。

許如雪給嚇呆了，她不知發生何事，只得盡快離開。當她走出了小花園，見到丟棄在地上的 兩條手繩，她有一秒鐘想過俯身撿起，但當看着「FRIENDSHIP FOREVER 1000」那行字，一陣尖錐似的痛又湧上心頭，她不想要了，這兩個朋友 已正式成為 過去 了。

就在這個心念冒起的一剎，眼前由彩珠串成的「FRIENDSHIP FOREVER 1000」，有幾顆塑膠粒字猶如被無形的火燒熔了般，最後兩條手繩

分別顯示了兩行剩下的字：

許如雪急急跑進女廁，扭大水喉用凍水洗一把臉，好讓自己**清醒**過來，但她騙不到自己，剛才見到的都不是幻覺，而是真實發生的事。

但是，將冰凍的水不停潑打在臉上，卻令她想起了一件事……她記起那個**⚡超能力⚡許願亭🏛**。當時她見到牌匾下的字：「請誠心誠意的許願，説出你最想得到的超能力，你必定可夢想成真！」

覺得那是個大笑話的許如雪，在心裏冷笑一

下，想：「超能力嗎？好啊，我是個**壞人**，要是真有人給我超能力，我想要的超能力就是──我想擁有**所有的⚡超能力⚡**！是的，每一項的超能力也歸我所有呀！」

就在她心內快速掠過這個念頭的時候，身邊的 Lemon 卻合十兩手認真許願，希望自己會有「*瞬間轉移⇌*」的超能力。然後，維維也祈求「我希望能夠把**時間停頓⏱**」！

當兩人把頭轉向許如雪，彷彿用眼神催促她快些許願，她覺得太幼稚了，所以才否認自己剛才的想法，語帶不屑地搖頭：「我 不需要 什麼超能力！」

Lemon 和維維異口同聲：「你這個人真不好玩耶！」

許如雪反駁兩人：「超能力可不是來玩的，萬一給危險人物得到了，它便成了**最致命的武器**！」

其實，她說的是自己。

也許，她同時也在**警告**這個許願亭，千萬別給她什麼超能力，她不知會幹出什麼壞事來。

許如雪猛然想起那一幕，她抬起眼看看大鏡子裏的那個人，她臉上的水珠像一條條透明小蛇般在蠕動，嘴角慢慢掀起了一絲**詭異的**笑容，繼而忍不住笑意，狂妄大笑起來了。

第八章
為了你穿越到未來

自從得到了「操縱時間」的超能力，教主一直只顧**回到過去**，努力扭轉一些大大小小的意外，但他一次也沒有去過未來的世界看看。

是的，那是種**很奇怪**的感覺，但他就是那種連本周星座運程、明年生肖走勢也不看的人，他根本不想知道未來的事。

或者這樣說吧，要是他知道未來會發生什麼事，他就**不肯努力**了。他不想讓未來的自己，影響了當下的自己。

可是這一次，他卻想走到未來，因為他不想再**呆等**兩年去確定一件事了。不，別說兩年，他連兩天也忍耐不了！

這一天，他和郭雪綠、小黑、周星星、八珍、Cool，加上新結識了的兩位朋友維維和Lemon，老實說出自己想去**未來**見爸爸的事。

滿以為眾人會**意見**紛紜，有人會力勸他別冒險、有人會擔心他一去不返⋯⋯可是，令他震驚又感動的是，面前的七人也一面倒的說：

「你真的應該去確認一下啊！」

「對啊，去去就回來，既然你倆父子承諾了，只要在畢業禮上見到爸爸，你這兩年就會完全**安心**下來了！」

「沒理由不去見爸爸一面吧！要是我也有操縱時間的超能力，我一定會飛越未來，看看我會不會獲派**第一志願**的那家中學！」

「八珍，你的志向也未免太短小了啊，我會看看自己未來會不會成為**首屈一指**的足球隊守門員！」説這個笑話的當然是周星星。

眾人七嘴八舌、説得嘩啦嘩啦的，但所有人

反應也一致正面，替心情忐忑的教主打了一枝**強心針**，他決定要出發了。

教主向小黑說：「小黑，請你給我一點好運，因我這一刻需要添好運。真的非常需要！」

小黑看到教主緊張兮兮又軟弱的表情，跟他平日的鬥志堅定**判若兩人**，他明白教主多害怕將來會發生的事，又或者他想見到的都沒有發生。

所以，小黑伸手出去搭着教主的肩膀，凝望着他，用認真的語氣說：「我但願將所有的**好運**也轉送給你！」

不知是幻覺還是真有其事，教主感覺有一道**熱力**從小黑的掌心傾注入他的肩膀，慢慢滲透到他全身，讓他精神抖擻起來。

小黑對他微笑說：「放心去吧！你一定會如

願以償的！」

　　不安的教主獲得了巨大的動力，他用力點一下頭，振作地說：「是的，我會**成功**！」

　　然後，他轉向眾好友，對他們微笑說：「我們轉頭見！」

　　「祝你成功！轉頭見！」大家向教主展露出 *溫暖的*。

　　兩年後的召月小學**畢業典禮日**。

　　教主跑到學校禮堂，畢業禮正進行着，一眾老師坐在台上，馬校長則站在咪高峰前發表着祝賀學生畢業的演說。

所有學生的家長們皆就座，只見 **人頭** **"湧** **湧"**，整個禮堂坐得滿滿的。教主藏身在一個較陰暗的角落，認真專注地環視着每一行的家長們的臉孔，心裏唸唸有詞：「爸爸，你在哪裏？」然後，只見爸爸和媽媽一同坐在後排的位置，兩人臉上笑瞇瞇的觀看着典禮，他 **心** **頭壓着的** 一塊 **大石** ⬛ **終於** **落** 了地 **！**

一諾千金。爸爸真有前來觀看他的畢業禮，他看着好像比五年前蒼老了很多的爸爸，那種感受 **恍如隔世**，他鼻子一陣酸。

可是，他畢竟得到自己想要的答案，他覺得安心了。當他正準備回到過去，一把聲音卻在他身後響起來：

「教主，你為何在這裏 **發呆**？我們甲班同

學都在後台裏集合，準備要上台獻唱校歌了！」

教主給嚇一大跳，轉頭見是周星星，他好像長高了，但說話和表情仍跟兩年前一樣富有**詼諧喜感**。

教主興奮地告訴他：「周星星，我不是現在的我，是從兩年前 **穿越** 來到這裏的我啊！你忘記了嗎？你也想前往未來，看看你會否成為 **足球隊守門員**！」

周星星卻一臉惘然：「我不明白你在說什麼啊？什麼穿越？什麼前往未來？」

「我使用了『操縱時間』的超能力……不，我為何說那麼多啊！」教主乾脆的說：「算了，你用讀❤️術聽聽我心裏的説話不就好了嗎？」

周星星的樣子更呆：「讀心術？」

教主不禁瞪大雙眼，周星星好像完全不知道有操縱時間和讀心術這些事！這兩年發生了何事？這個到底是什麼時空？難道他落入了另一個平行宇宙？

千頭萬緒不知從何説起，他只得問：「你先告訴我，我們一群朋友們都好嗎？」

周星星用奇怪的眼神看着教主，他説：「沒什麼不好啊！郭雪綠、Cool、維維、Lemon、還有你和我，我們六人也順利畢業了啊！」

「那麼，八珍和小黑呢？」

　　周星星莫名其妙的瞪圓了雙眼，看着同樣把兩眼瞪得老大的教主。

　　教主回到 **現實世界** 的這一刻，只見眼前有郭雪綠、周星星、Cool、維維和 Lemon，還有兩年後「已消失了」的八珍和小黑。

　　教主説：「我回來了。」

　　眾人皆露出了訝異的神情，八珍嘖嘖稱奇地説：「有沒有那麼 **誇張** 啊！我們才剛説『祝你成功！轉頭見！』話未説完，你便回來了！」

　　教主憐惜的看着八珍，他揚揚手上的手表，向她解釋説：「我剛才對準了 **時間** 🕐，看見前

去的時間是『08:15:23』，所以我心裏便想着『08:15:25』回來。」

八珍羨慕的説：「我真的不該要**隔空移物**✋的超能力，我要用上三秒鐘才拿到廚房內的蘋果呢！你用一秒鐘就能*穿梭時空*了！」

周星星又是忍不住大嘴巴，不禁挖苦一下説：「八珍，如果你真要另選一種超能力，為何不祈求自己能夠**一秒變**瘦呢？」

八珍沒有受到打擊，她自豪地説：「我才不想變瘦，因為有了你們一群朋友，讓我知道自己**不必**介意自己是個肥妹！會把你視為朋友的人，無論你高矮肥瘦，依然會當你朋友！」

眾人同意的點頭，教主仍是用憐惜的眼神看着八珍，過半晌也説不出話來。

　　小黑走上前搭着教主的肩，深深吸口氣說：「好吧，快告訴我們，我有沒有為你帶來**好運氣**？你有沒有順利見到爸爸？」

　　教主看着替他擔憂的小黑，他雙眼熱起來：「有啊，你的超能力奏效了，我見到爸爸了，他很好。」他眼前**朦朧一片**，聲音沙啞起來：「只不過——」

　　小黑皺着眉，**憂心忡忡**的看他。教主咬咬牙，對小黑努力一笑：「只不過，我沒有跟他說話啦，看了他一眼就回來了。」

只不過，你和八珍卻消失了，我不知該怎麼辦！

　　小黑鬆口氣，安慰他說：「沒關係啦，兩年後，你大可跟爸爸由**天黑**談到 天光 ！」

　　教主再也忍不住了，一手搭着小黑的肩，另一手搭起八珍的肩，將所有朋友拉攏過來，讓大家圍成了一圈，他回復了**堅強**，說：「感謝你們每一位朋友，我們要一同畢業，一定要！」

　　眾人都搭着彼此的肩，團結地說：「好啊，我們約好了要**一同畢業**！」

　　兩年後的召月小學畢業典禮日。

　　教主無法接受八珍和小黑的**消失**，他請周星星拿出證據來。正好替校方做攝影記者、用鏡頭紀錄着小六學生畢業前情況的周星星，就把這

幾個星期拍下的照片給教主看看，只見幾張大伙兒在課室裏的 大合照 中，真的沒有八珍和小黑這兩個同學。

　　周星星也拍下了小六甲班座位表，也真的沒有他倆的名字，兩人就像憑空消失了。

小六甲班座位表

21	16	11	周星星	1
22	17	12	郭雪綠	Cool
23	教主	13	8	3
24	19	14	9	4
25	20	15	10	5

教主感到很**絕望**，他問：「這樣説來，真的沒有凌柏珍和倪小黑這兩個同學？」

周星星搖搖頭：「我在召月小學讀了**六年**，今天才從你口中得知這二人的名字。所以⋯⋯他們並不是消失了！」

教主呆呆地把周星星的話接下去：「⋯⋯他們是**從未出現**過！」

———————◆———————

回到現今的世界以後，教主整個人不知所措。驚聞不見了八珍和小黑，他不知如何是好，卻不敢向大家透露半分，只得自己在**煎熬**！

上課前，周星星和教主兩人走去如廁，周星星忽然對教主説：「到底，八珍和小黑去了哪裏

啊?」

教主瞪着周星星,周星星説:「我見到從未來回來的你神色有異,所以忍不住用讀心術偷聽了一下。」

教主沒有生氣,反而像找到了救星:「是啊,到底發生何事了?你可不可以告訴我,八珍和小黑為何徹頭徹尾不見了?」

周星星的神情罕有地嚴肅,但愈肅着臉的他就愈有喜感。他説:「我不知道發生什麼事啦,我只知道,無論他們遺失在哪裏,我們也必須把他們找回來!」

「是的,我正有此意。」

「如你所説的,我們要一同畢業!」

「一同畢業!一個也不能少!」

兩人充滿戰意的相視一笑，決定迎向這場

巨大的挑戰！

答：香蕉（不打自招／不打字蕉）

作　　　者	：	梁望峯
責 任 編 輯	：	周詩韵、林沛暘
繪圖及設計	：	雅仁
出　　　版	：	明窗出版社
發　　　行	：	明報出版社有限公司
		香港柴灣嘉業街 18 號
		明報工業中心 A 座 15 樓
電　　　話	：	2595 3215
傳　　　真	：	2898 2646
網　　　址	：	http://books.mingpao.com/
電 子 郵 箱	：	mpp@mingpao.com
版　　　次	：	二〇二二年十二月初版
I S B N	：	978-988-8828-32-6
承　　　印	：	美雅印刷製本有限公司